DIALOGUE

ENTRE

M. LE COMTE DE S. B...

ET M. DUMONT,

Députés de l'Assemblée de Bourges.

1789.

DIALOGUE

ENTRE

M. LE COMTE DE S. B...

ET M. DUMONT,

Députés de l'Assemblée de Bourges.

LE COMTE.

DE Bourges, m'a-t-on dit, par le Tiers
    Député,
Vous allez à la Cour fonder sa liberté,
Et de notre bon Roi, limiter la puissance.
Si vous ne préférez, Monsieur, la diligence,
Je vous offre une place. Il me sera fort doux
De voyager, penser & m'instruire avec vous.
Les Nobles m'ont élu. De cet ordre suprême,
Qui, seul par son éclat orne le Diadême;

A 2

Je vole pour défendre & les droits & les biens.
Vos intérêts sont-ils si différens des miens,
Qu'il faille nous en taire, ou nous brouiller en
　　route ?
Comment, sans union, parer la banque-
　　route ?
De l'Etat en péril, le sort doit nous toucher ;
Les besoins mutuels doivent nous rapprocher.
Montez, Monsieur ; venez.

M. DUMONT.

　　　　　　　J'obéis avec crainte ;
Je pense en homme libre, & parle sans con-
　　trainte,
Et je sens qu'à la Cour........

LE COMTE.

　　　　　　C'est tout ce que je veux ;
Une liberté sage est l'objet de mes vœux:
La France, dans son sein, ne souffre pas d'es-
　　claves,
Et la Philosophie a brisé nos entraves.

M. DUMONT.

Que ce langage est doux au cœur d'un Ci-
　　toyen,
Qui craint le despotisme, & ne veut que le
　　bien ;

Qui voudroit réunir des ordres néceffaires,
Former, fous un feul Chef, un feul Peuple de
    frères,
Lier leurs intérêts, déterminer leurs droits,
Et foumettre le Prince & les Sujets aux Loix !
Mais comment défarmer le préjugé barbare,
L'intérêt qui nous meût, l'orgueil qui nous
    fépare ?

LE COMTE.

Nous n'y parviendrons pas ; le flambeau qui
    nous luit,
Loin du but qu'il nous montre, à grands pas
    nous conduit.
Des Anglais, vainement, nous prenons le
    génie :
Nous les imitons bien, mais c'eft dans leur
    folie.
La licence, à nos yeux, fe change en liberté ;
Nous courons fur fes pas avec légèreté.

M. DUMONT.

Je vois, avec douleur, que la haute Nobleffe
Eft loin de partager le defir qui me preffe.
Sous le dais qui la couvre, elle met le Clergé,
Qui la défend, la flate, & s'en croit protégé.
Près de fon piédeftal, ce grouppe formidable,

Entend gémir le Tiers du fardeau qui l'ac-
    cable,
Et frémit de le voir s'échappant de ses fers,
Punir ses oppresseurs des maux qu'il a souf-
    ferts,
Attenter à leurs droits, ravir leurs privilèges ;
Changer les dons d'Eglise en impôts sacri-
    lèges ;
Contraindre les Prélats à doter les Pasteurs ;
Réformer des Abbés l'opulence & les mœurs ;
Des Juges corrompus briser l'urne vénale ;
Ne laisser à Thémis qu'une balance égale ;
A la vertu modeste, au mérite surpris,
Accorder des faveurs, attacher quelque prix ;
Ne connoître de grands que les hommes
    utiles,
Et réduire les noms à des honneurs stériles.

L E   C O M T E.

Mon cher Monsieur Dumont, convenez, entre
    nous,
Que ces desirs outrés excitent le courroux.
A quel excès affreux ce Peuple ingrat s'égare,
Quand d'un commun accord, la Noblesse
    déclare
Que, laissant en oubli ses titres & ses droits,
Elle entend, des Impôts, partager tout le
    poids !

M. Dumont.

Sans doute qu'attendri par tant de bienfai-
 sance,
Pénétré de respect & de reconnoissance,
Le Tiers doit dire aux Grands : Hommes trop
 généreux,
Sur moi seul doit peser ce fardeau rigou-
 reux ;
De l'Etat , entre vous , partagez les ri-
 chesses,
Du Prince, les faveurs , les graces, les lar-
 gesses :
Voilà tous vos devoirs : les tributs sont les
 miens ;
Pour payer des Impôts , êtes-vous Citoyens ?
Seul, je suis débiteur du Roi , de la Patrie ,
Et vous , leurs créanciers.

Le Comte.

               Laissons-là l'ironie ;
L'audace de prétendre à tant d'égalité,
N'est donc pas une atteinte à notre sûreté ?
N'est-ce pas renverser l'auguste Hiérarchie,
Dont les Ordres divers forment la Monarchie ?
Confondre tous les rangs, faire le Peuple Roi ?

A 4

M. DUMONT.

C'est reprendre un peu tard le bien qui fut à
    soi ;
C'est d'un Château gothique, & que le tems
    ruine,
Faire un Palais commode où le bon goût do-
    mine.

LE COMTE.

Mais qui, sans fondemens, sur le sable élevé,
Peut nous écraser tous avant d'être achevé.
Tremblez !

M. DUMONT.

Non, Monsieur, non. L'Histoire me rassure ;
J'y vois de l'avenir la fidèle peinture.
Le despotisme seul peut me faire trembler ;
Ce monstre dévorant prêt à nous accabler.......

LE COMTE.

L'insolence du Peuple est cent fois plus fu-
    neste :
Quand il aura brisé les chaînes qu'il déteste,
Il détruira les Grands, les Prêtres, & le Roi :
Quel frein pourra jamais le contenir ?

M. DUMONT.

La Loi,
Celle dont vous & lui fous un Prince qu'il
      aime,
Lui ferez adorer l'autorité suprême :
Ce Peuple eft doux & jufte ; il eft vif, mais
      foumis.
Les excès effrayans qu'il s'eft jadis permis,
Ne déshonorent point fon noble caractère.
Le fanatifme alors, d'une main meurtrière,
Sur la France étendoit le voile de l'erreur :
Ce monftre, en s'éloignant, a fait place à
      l'honneur.

LE COMTE.

Mais cependant, Monfieur, on s'arme ; le fang
      coule,
Le Peuple aveuglément fuit la difcorde en
      foule :
On menace les Grands & leurs propriétés.

M. DUMONT.

Grands, foyez Citoyens, vous ferez refpectés :
Voyez, comme en Berry, les Chefs de la
      Nobleffe,
Sont, de tous leurs vaffaux, chéris avec ten-
      dreffe.

Voyez du grand Sully les enfans adorés,
Leur vie est précieuse, & leurs biens sont
    sacrés ;
Mais ils n'y sont connus que par leur bien-
    faisance.
Otez les annoblis, & la paix règne en France.
Combien de vils Traitans, de Valets-sous-
    Fermiers,
Qui par le déshonneur ont accru leurs deniers,
Et transmis dans les camps où la Magistrature
A leurs enfans, le droit d'insulter la Roture.
Combien de Vivriers, Fourrageurs & Commis,
A prix d'argent volé, se disent annoblis,
Briguent des Pensions, des Mîtres & des
    Crosses,
Se présentent au Roi, montent dans ses car-
    rosses,
Révolent avec faste en leurs Châteaux pom-
    peux,
Vexent avec orgueil leurs vassaux malheureux,
De leurs noms nouveaux nés, étonnent les
    Gazettes,
Et retournent en poudre en s'accablant de
    dettes.
Voilà ceux dont le luxe & l'inhumanité
Font d'un Peuple si doux, un Peuple révolté :
Voilà les vrais auteurs du péril où nous
    sommes.

En France, comptez-vous beaucoup de Gen-
tilshommes ?

LE COMTE.

Mais cet Ordre est nombreux.

M. DUMONT.

Eh ! bien, moi, je soutiens
Qu'il ne compose pas six mille Citoyens
Qui seroient trop heureux, s'ils pouvoient
        méconnoître
Tous ces Cadets bâtards que l'orgueil a fait
        naître,
Illégitimes fruits de la vénalité,
Vomis du sein du Tiers qu'ils ont persécuté.
Faut-il donc respecter ces Nobles sans No-
blesse ?

LE COMTE.

Il est vrai : malgré nous, cette insolente es-
        pèce,
Usurpe nos honneurs, nos titres, nos em-
        plois.
Le mépris qu'elle inspire a compromis nos
        droits ;
Mais il faut bien souffrir ce honteux alliage :
Il est aussi des Grands dont la fierté sauvage,

Fait du Peuple indocile éclater le courroux.

M. Dumont.

Oh ! j'en connois plus d'un que je crois, entre
    nous,
Indignes de leurs noms, ennemis de la
    France :
Ils abhorrent la presse ; ils pleurent leur
    puissance.
Tenez : votre voisin, si fier, si redouté,
Qui toujours menaçant de son autorité,
Désole ses vassaux, grève leurs héritages
De droits ressuscités, de champarts, de ter-
    rages,
Qui pour Meûnier bannal faisant choix d'un
    Larron,
Lui vend cher leur farine, & leur en rend le
    son ;
Qu'un autre scélérat cuit & décîme encore ;
Qui chasse en nos moissons que son gibier
    dévore,
Et fait par cinq bandits, en Justice écoutés,
Escorter ses lapins dans nos bleds dévastés ;
Et qui sur le rapport de l'un de ces faussaires,
Voudroit qu'on envoyât ses voisins aux Ga-
    lères.
Ce noble fainéant, Monsieur, est un fléau
A qui j'interdirois le feu, la terre & l'eau.

Cependant que d'honneurs avec tant de
    baffeffe !
Son fils eft Colonel, & fa fille eft Ducheffe ;
La cadette bientôt entre à Remiremont ;
Son puîné libertin décorera fon front
D'une Mître fuperbe, & fe plaindra peut-être,
S'il n'a pas d'Abbaye avant qu'il ne foit
    Prêtre ;
Et nous, vils Roturiers, pauvres Agriculteurs,
Avocats, Artifans, Négocians, Pafteurs,
Il faut, fans murmurer, vieillir dans la pouf-
    fière,
A fervir ces ingrats, ufer fa vie entière ;
Les monfeigneurifer, les craindre, les bénir ;
Les fupplier fans ceffe, & n'en rien obtenir.
Il faudroit être un Ange, ou plutôt impaffible,
Pour fupporter en paix un joug auffi terrible ;
Il faudroit renoncer à toute humanité,
Pour fouffrir, fans courroux, ce voifin détefté.
Nous eûmes, l'an dernier, une vive querelle.

LE COMTE.

De grace, à quel fujet ?

M. DUMONT.

                    Pour une bagatelle,
Pour un nid de perdrix. Il vouloit m'empê-
    cher

De jouir de mes foins que je voulois faucher.
J'allois, me disoit-il, du nid chasser la mère.
Oh ! pour le coup, Monsieur, je me mis en
    colère ;
Et, réclamant les droits de la propriété,
J'attaquai fortement sa féodalité.
Il osa se targuer de sa haute naissance,
Mépriser mon état, me taxer d'insolence.
Avec un rire amer, je lui dis : Connoissez
La source de celui que vous avilissez.
Je descends d'un Gaulois, dont les nobles an-
    cêtres
Du monde subjugué, firent trembler les
    Maîtres.
Peut-être une Romaine a porté dans son flanc
Le Héros dont en moi je reconnois le sang.
Et vous qui me traitez comme un vil mer-
    cénaire ;
Vous, qui tout orgueilleux d'un titre imagi-
    naire,
M'écrasant à plaisir du poids de votre orgueil,
Craignez de m'honorer d'un mot ou d'un coup
    d'œil,
Vous êtes descendant d'un Welche ou d'un
    Sicambre ;
Qui de l'heureux Clovis fréquentant l'anti-
    chambre,
En obtint, pour le prix de sa férocité,

L'ufufruit féodal de ce champ dévafté.
Mais trahiffant bientôt fon Maître & fa pro-
     meffe,
Sur le vol de ce fief, il fonda fa nobleffe.
De cet ufurpateur, les dignes defcendans
Du Trône de Clovis, chafsèrent fes enfans.
De vos injuftes droits, telle eft la fource im-
     pure ;
Et vous avez le front d'outrager la Roture !

LE COMTE.

Il faut fe faire Hermite, & renoncer à tout,
Quand on peut écouter ce roman jufqu'au
     bout ;
J'aurois mis en morceaux ma généalogie,
Et l'inventeur.

M. DUMONT.

          Ce Prince a fort peu d'énergie ;
Mais s'il eût dit un mot, fait un gefte, ma foi
J'allois facrifier & le Sicambre & moi.

                    Par M. D. P.

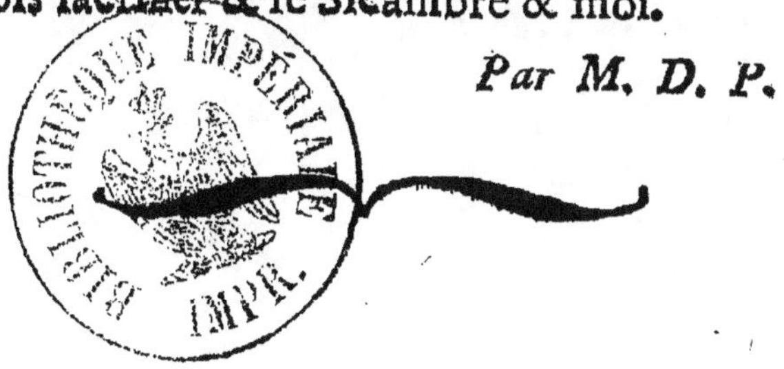